VOIX
AU PEUPLE

PREMIERS ACCENTS.

PAR UN PRÊTRE POITEVIN.

POITIERS,

EN VENTE, AU BUREAU DE L'IMPRIMERIE,
ET CHEZ TOUS LES LIBRAIRES.

PARIS,
Chez **GARNIER** frères, libraires.

—

1849.

POITIERS. — IMP. DE COIGNARD ET BERNARD.

VOIX AU PEUPLE.

I.

> Je suis la voix qui crie dans le désert :
> Rendez droit le chemin de Dieu.
>
> (Evangile selon saint Jean.)

Vers la fin de ces temps anciens où l'esclavage, passé dans les mœurs et dans le droit, laissait voir, sans horreur, une moitié du genre humain tenant l'autre dans les fers, et en usant comme nous usons de la brute, les hommes subitement, surtout ceux qui souffraient, se prirent à tressaillir d'espérance.

C'est que des voix diverses répétaient en tous lieux que bientôt allait luire le jour où, libérateur universel, un homme merveilleux et divin sortirait de l'Orient, et ouvrirait pour les autres hommes, ses frères, une ère nouvelle de paix et de bonheur.

Or, dans cet Orient même, sur les bords d'un fleuve qui avait nom Jourdain, apparut une sorte de prophète qui, pauvrement vêtu, se nourrissant plus pauvrement encore, se mit à prêcher le règne de Dieu. L'austérité de ses mœurs et l'autorité de sa parole frappèrent tous les esprits. — Qui êtes-vous? lui demanda-t-on. Êtes-vous celui qui doit venir? — Mais il se hâta de répondre : — Non! Je suis seulement la voix qui crie dans le désert : Rendez droit le chemin de Dieu.

Ainsi avait parlé Jean-Baptiste, et bientôt, sur le chemin par lui préparé, on put voir rayonner la douce figure du Christ. Simple et sublime, dévoré par le zèle, et pourtant plein de mansuétude, Jésus s'en alla par les campagnes de la Judée pour faire partout le bien. Il convertit les âmes pécheresses; il consola les affligés, il prêcha la justice, l'égalité, l'amour, le soutien mutuel; il humilia, il frappa d'anathème les riches durs et orgueilleux; il bénit les enfants des pauvres; il sentit ses entrailles s'émouvoir sur tous ceux qui souffraient. Puis, quand il eut achevé sa mission, il mourut comme meurent les justes qui ont à lutter contre une corruption trop profonde dans les puissants de la terre; il accomplit le sacrifice de la croix.

A la vue de sa mort ignominieuse, les impies le sifflèrent et lui prodiguèrent les signes du mépris. — Eh bien! s'écriaient-ils, où est donc l'œuvre immense qu'il devait mettre à fin? Il ne peut s'arracher à la mort, lui qui prétendait en avoir sauvé tant d'autres! — Il expire! — Qui donc élèvera à Dieu le temple magnifique qu'il lui était réservé de bâtir? disait-il.

Alors, du haut de la croix, la voix de Jésus, douée d'une force surhumaine, jeta aux quatre coins de la terre cette dernière parole : — *Consummatum est.....* Il est achevé!

L'avez-vous entendu, prêtres cruels, pharisiens superbes? — Vous qui, après qu'il eût dévoilé toutes vos hontes, aviez fait de son supplice le sujet continuel de vos rêves...., l'avez-vous entendu? — Son temple, à lui, est achevé, et du vôtre bientôt il ne restera plus que des monceaux de cendres, de ruines, et les nations ne s'y rendront point en foule, comme vous l'aviez espéré, afin d'y déposer les riches présents dont l'éclat lointain avait tant d'attraits pour vos âmes cupides. Et les hommes, élevant en chaque lieu leurs mains pures vers le Seigneur, auront accompli toute la loi qui prescrit l'adoration du Souverain Maître. Car, sachez-le bien, le temple que Jésus est venu bâtir à notre Père céleste n'est point semblable à celui dont vous étiez si fiers à cause de sa magnificence : ce n'est point un certain amas de pierres et de marbres plus ou moins enrichis d'or et d'argent, c'est le cœur de l'homme. Purifié par la douleur des fautes passées, plein de la science d'en haut, aimant le bien, pratiquant surtout cette sublime et douce et vivifiante vertu que la terre appelle charité, travaillant de plus en plus à se modeler sur le cœur de Jésus qui nous a tant aimés, le cœur de l'homme sera désormais le seul temple où Dieu se plaira à résider. Que si vous ne comprenez pas cette simple doctrine, prêtres et pharisiens, retirez-vous, vous êtes maudits à jamais!

Mais, les infâmes! ils ricanent encore! — Leur victime a rendu le dernier soupir. Elle est renfermée dans la tombe. Avec elle, espèrent-ils, est ensevelie, pour ne plus résonner, la parole puissante qui devait, produisant des miracles, changer la face de la terre.

. . . .

Seigneur! Seigneur! votre créature chérie, l'homme esclave et souffrant, pousse vers vous un long cri de douleur! — Du fond de l'abîme où l'injustice et la violence le retiennent, il avait entrevu l'aurore du bonheur; il avait conçu l'espoir d'une prochaine délivrance. — Faut-il qu'il y renonce comme on doit renoncer aux vaines idées d'un rêve?

Pourtant vous êtes le Dieu bon, et votre miséricorde est infinie, et vous aviez paru songer à l'œuvre de la rédemption.... Seigneur, l'abandonnerez-vous?

Votre saint dort là sous la pierre froide; et, depuis deux jours, les déshérités de l'espèce humaine, les pauvres, les esclaves, pleurent et gémissent avec les femmes qui ont aimé Jésus, et qui ont embaumé son corps. — Seigneur, ayez pitié des pauvres, des esclaves, et faites que le jour qui se lève voie changer leurs tristes destinées!

. . . .

Mais avez-vous entendu ce fracas? avez-vous vu ces lueurs qui ont rempli l'espace? avez-vous senti le frémissement de la terre? Et cette harmonie qui descend des cieux, et cette autre qui monte de notre globe, en avez-vous saisi les accords? Levez, levez les yeux, et considérez! — La tombe brisée a rendu sa proie! — Celui qui était mort, maintenant, entouré de gloire et de majesté, monte triomphant vers les célestes demeures. Ses mains puissantes brisent d'antiques chaînes; son regard divin foudroie l'esprit de l'esclavage vaincu et tombé à ses pieds, et sa voix murmure toujours ces mots qui résument toute la science par lui révélée aux hommes : — Justice! — égalité! — charité! — liberté! — Oh! sa voix remuera le monde entier!

En ces temps voici que ses disciples prennent à leur tour une nouvelle vie. Ils ont revu leur maître qu'ils croyaient avoir perdu à jamais; ils ont reçu l'esprit divin; et, changés tout à coup, ils osent, eux, d'abord si pusillanimes, ils osent reprocher en face à tous les Juifs le supplice inique de l'Homme-Dieu.

Ce n'est pas tout : emportés par une ardeur que leur grossièreté première rend incompréhensible, ils se partagent fièrement la conquête du monde! — Et ils s'avancent comme de vaillants soldats; et ils sont prêts à supporter toutes les misères, à souffrir toutes les tortures, à sacrifier toutes leurs vies plutôt que de renoncer à la victoire vers laquelle les jette l'impulsion de Dieu.

Oh! qu'ils sont beaux ces hommes de la Judée, tandis que, sans faste, sans orgueil, et se plaisant au contraire à se faire petits, ils descendent de leur pays montagneux afin de nous prêcher la paix et de nous annoncer le bonheur!

Ils parlent du règne de Dieu, de la fraternité humaine; et aussitôt de toutes parts des voix innombrables s'élèvent pour les louer.

Ils disent que les fers sont brisés; que le jour de la rédemption a commencé de luire; que tous les confins de la terre doivent voir le salut de Dieu; — et les pauvres, les opprimés leur ont souri de joie. Mais, tandis que les malheureux les bénissent, les riches, les puissants au contraire les ont pris en horreur, et ont dit d'eux aux bourreaux : Saisissez ces hommes imbéciles et mettez-les à mort, car leurs voix troublent et notre empire et nos jouissances.

Ces ordres ont eu leur exécution; et l'ère des martyrs a commencé par le meurtre de celui dont l'unique occupation était de distribuer aux pauvres, aux orphelins et aux veuves le fruit des aumônes générales.

Quoi d'admirable pourtant comme le spectacle qu'offraient au monde païen les communautés chrétiennes qui s'établissaient çà et là. — « La multitude des croyants n'avait qu'un cœur et qu'une âme. Personne ne disait être sien ce qui néanmoins lui appartenait. Mais toutes choses étaient communes entre eux. Il n'y avait même pas de pauvres parmi eux; car quiconque possédait des champs ou des maisons les vendait, et en apportait le prix; puis, ceci, déposé aux pieds des apôtres, était distribué à chacun selon ses besoins. »

Paroles saintes et sublimes dans leur simplicité! — Paroles dont la mystérieuse profondeur semble n'offrir plus aucun sens à la plupart des hommes de notre époque! — Mais dans ces temps de la primitive Eglise, alors que Jean, dans la puissante imagination qui avait créé l'Apocalypse, ne trouvait plus que ces mots si simples: — Mes petits enfants, aimez-vous les uns les autres;—alors que le grand Paul, qui, dans ses ravissantes extases, avait par avance goûté les délices du ciel, s'écriait cependant que, pour sauver les âmes de ses frères, il voudrait être anathème. — Oh! anathème! quelle expression dans la bouche de cet homme à l'âme de feu quand il s'agissait des espérances éternelles! — Alors que les autres apôtres ne savaient que prêcher l'imitation du Christ, du Christ qui avait aimé ses frères adoptifs jusques à mourir pour eux sur la croix; les hommes attendris opéraient avec joie tous les miracles de la charité.

Or, cette belle charité, qui nous fait aimer nos semblables autant que nous, ne produit-elle pas par là même la justice, l'égalité? Et la justice, l'égalité entre tous, qu'est-ce donc sinon la liberté? — Aussi, l'Evangile à la main, ne craignons-nous pas de le dire : — La liberté! c'est le bien que nous tenons de Dieu notre Père; — c'est la portion d'héritage que la loi du ciel nous défend d'aliéner; — c'est notre bonheur; — c'est notre vie; — c'est ce que le Christ, quand il a voulu nous le rendre, n'a pas cru trop payer du prix de tout son sang. — Gardons-en donc le souvenir; et, fils de Dieu, frères du Christ, créés libres, vivant pour être libres, sauvés par Jésus pour être libres, subissons la mort, et la mort avec mille ignominies et mille tortures; allons tous à la mort, plutôt que de permettre à qui que ce soit de restreindre notre liberté.

Mais dans le sein de qui ces paroles trouveront-elles un écho? La doctrine de la liberté est allée de siècle en siècle s'effaçant de la mémoire des hommes. Le peuple, qui d'abord s'était si profondément ému aux prédications apostoliques, rentra bientôt dans son antique inertie, et se laissa de plus en plus corrompre. Content de recevoir de la main de ses maîtres, prêtres ou princes, sa pâture de chaque jour, il ne songea point à réclamer contre l'horrible injustice dont il était partout la victime. Ici donc il fut un sujet, sans autre droit que celui de respirer, moyennant capitation, l'air de la patrie. Là il se résigna à être un vassal, tenu envers son seigneur aux redevances les plus absurdes et les plus humiliantes. Ailleurs, ô comble d'ignominie! ce fut un serf, c'est-à-dire quelque chose de semblable à un vil bétail, et pouvant être vendu comme tel par son maître avec la terre et les instruments de labourage.

Et, du reste, pouvait-il en être autrement? Les défenseurs naturels du peuple, les prêtres eux-mêmes, ces successeurs des apôtres, au lieu d'entretenir le feu sacré que l'Homme-Dieu avait jeté dans le monde pour le révivifier, l'étouffaient. Par eux, les paroles du Christ étaient interprétées en faveur des puissants; par eux, la soumission était prêchée partout et toujours. Dès lors les rois, surtout quand ils fondèrent des églises, ou qu'ils dotèrent des monastères, ne durent plus trouver en nous, hommes du peuple, qu'une servile obéissance. Ils donnèrent à notre patrie la misère et le déshonneur, — et nous fûmes tenus à les bénir. Pour la satisfaction de leurs caprices somptueux ou de leur humeur guerrière, ils prodiguèrent notre argent, nos sueurs, notre sang, notre vie...., et notre devoir fut de les respecter comme des dieux. Afin de maintenir leur inique puissance, ils firent massacrer nos pères, nos frères désarmés, et en conscience nous ne pûmes pas seulement les maudire.... Et pourquoi?... Parce que, suivant la doctrine des prêtres, les rois étaient les oints du Seigneur.

Vous vous étonnez, vous ne comprenez pas! — Oh! dites-le-moi donc, même de nos jours, où sont les évêques qui, à l'exemple d'Ambroise, auraient le courage de fermer la porte du temple au monarque coupable d'avoir fait assassiner par ses soldats quelques-uns de ses sujets? Où trouveriez-vous ce saint amour de la classe souffrante, qui comptait les gouttes de son sang versé, et qui, pour ce crime, infligeait sans pitié aux plus grands la pénitence publique?

Hélas! revienne un de ces jours de sinistre mémoire où quelque prince d'Europe ordonnera à ses satellites un massacre cruel, et quand cet homme, tout souillé de sang, se présentera à la maison du Dieu de paix, vous verrez le pontife du lieu féliciter avec emphase *Sa Majesté* d'avoir écrasé l'hydre de la révolte. Vous entendrez les prêtres de Jésus, entonnant un chant de triomphe, rendre grâce à Dieu d'une victoire impie. — Mais qui demandera compte au roi des lois injustes qui ont forcé le peuple à la révolte? Dans le temple, personne. Qui donc du moins, par quelques conseils, essaiera de prévenir le retour du meurtre des enfants, des femmes, des vieillards? Dans le temple, personne, personne, vous dis-je, moins peut-être quelques hommes obscurs; et pourtant ce temple retentira encore des gémissements et des cris des victimes gisantes près de là.

Attristé par ces sombres idées, je me suis renfermé dans la solitude, et là j'ai prié et pleuré beaucoup.

Après un peu de temps passé ainsi, j'ai senti une sorte de désespoir s'emparer insensiblement de moi. Je voyais que les peuples, les prêtres et les princes avaient abandonné leurs voies; et, dans l'amertume de mes réflexions, je me demandais à quoi servait la venue du Christ sur la terre.

Alors une voix secrète, que je n'avais jamais entendue en moi, se prit à m'adresser de sévères reproches : — Homme de peu de foi, me dit-elle, pourquoi tant de blasphèmes? Regarde attentivement. — Au temps venu, les vents eux-mêmes se sont chargés de porter les paroles de Jésus aux extrémités les plus reculées de la terre, et partout où a pénétré la loi nouvelle, les hommes, s'ils ne sont pas devenus parfaits, en sont au moins demeurés meilleurs. Que si maintenant ils paraissent mettre en oubli le Christ et ses enseignements, n'en sais-tu pas la cause? Ignores-tu donc leur faiblesse native, et le penchant qui, malgré eux, les entraîne au mal? — Loin de te plaindre aussi amèrement, tu devrais avec tous tes frères remercier le Père céleste d'avoir fait briller sur vous sa miséricorde infinie, en ne laissant pas s'augmenter parmi vous les ravages de la dépravation et de l'irréligion. — Voici du reste que cette miséricorde va se révéler de nouveau. — Bientôt de nouvelles clartés illumineront les hommes. Les ténèbres épaisses que, à dessein, l'on avait répandues sur les vérités évangéliques, se dissiperont. — Et tous verront ce qui n'avait été vu que d'un petit nombre, à savoir que l'Evangile, ce premier des livres parce qu'il vient de Dieu, ordonne, sous peine d'anathème, aux forts et aux puissants de soutenir les faibles; aux riches, de mettre leur bonheur à soulager les pauvres par le sacrifice volontaire d'une partie de leurs biens; à tous, de s'aimer fraternellement; à tous, de pratiquer la justice, la charité; à tous, de croire à la doctrine sainte de l'égalité; à tous, enfin, de tendre vers le noble but de la liberté.

J'écoutais la voix en silence, et je me sentais profondément remué par l'annonce du règne prochain de cette liberté qui est mon amour et ma foi principale. Toutefois, ma tristesse n'avait pas diminué, à cause que je ne voyais pas comment pourraient se réaliser les magnifiques promesses qui venaient d'être faites.

La voix reprit bientôt : — Dieu, dans sa puissance, a d'un

seul mot douné l'être à l'univers. A la fin des siècles il ploiera les cieux comme une tente qui ne doit plus avoir d'habitants, comme un manteau devenu inutile au voyageur qui est arrivé sous son toit. Chaque jour il modère par un seul acte de sa volonté, et la course harmonieuse des astres, et l'impétuosité des vents orageux, et la fureur mugissante des mers. — Et tu doutes qu'il puisse opérer les quelques changements nécessaires à l'accomplissement de ses desseins !.... Rêve donc la puissance la plus terrible des temps modernes, et nomme la Convention, — Robespierre ; — rêve l'empire le plus étendu, le génie le plus sublime de la même époque, et nomme Napoléon. — Eh bien! Robespierre, Napoléon ont été devant Dieu, comme s'ils n'étaient pas..... Ou si l'orgueil national, qui est en toi, se révolte contre le néant auquel je les réduis...; ils ont été de légères vapeurs qui se sont dissipées, dès que le souffle du Maître suprême les a eu touchées.

Avide de contempler certaines ruines, je m'élançai dans l'avenir ; mais la voix :

Alors, dit-elle, les chefs des peuples deviendront leurs pères. Ils seront vus vivant de la vie commune. Ils mépriseront et l'orgueil et le faste. Aux dépenses d'une vaine représentation qui ressemble à une comédie ; au luxe des fêtes brillantes qui insultent à ceux qui manquent ; aux avilissantes joies de la cupidité qui amasse millions sur millions, ils préféreront les jouissances de l'âme bienfaisante qui se plaît à faire chaque jour de nouveaux heureux. Ils ne seront fiers que d'une élection due à leurs vertus ; ils ne se glorifieront que d'une existence passée tout entière à défendre les droits des faibles, à entretenir dans les cœurs, par la force de l'exemple, le culte de l'égalité, de la justice, de l'amour mutuel, de la liberté.

— Et ils seront heureux, et de toutes parts ils recevront des bénédictions ; et, chéris de tous, ils ne se réveilleront point en sursaut, et ils ne pousseront point dans la nuit des cris d'effroi, en croyant sentir la lame froide d'un poignard se glisser vers leur cœur.

La voix se tut.

J'osai l'interroger : — Seigneur, murmurai-je, quand arriveront les temps où s'accompliront ces choses merveilleuses ?

Et il me fut répondu : Attends-les avec patience, et, s'il te tarde de les voir, travaille à les hâter.

Mais, Seigneur, qui suis-je, et qui voudra m'écouter ?

Tu es une voix qui doit crier : Rendez droit le chemin de Dieu. Homme du peuple, tu dois te consacrer au service du peuple. Remplis dignement cette mission, et, simple voix, tu trouveras partout des échos; et peut-être un jour te sera-t-il permis de te rendre le témoignage d'avoir coopéré, selon l'étendue de tes forces, au retour du règne du Christ, de ce règne qui n'est autre, jamais que celui de la justice, de la charité et de la liberté.

II.

RÉCIT.

Frères, je suis du peuple : j'ai enduré toutes les douleurs, toutes les privations du peuple; écoutez-moi.

Dans ma première jeunesse, j'ai vu mon père, vénérable vieillard qui n'avait pas toujours connu une si affreuse misère, me prendre sur ses genoux et me dire d'une voix attendrie : Enfant, il n'y a pas de pain ce soir pour ton souper; tu en as mangé le dernier morceau à midi; ne crie pas néanmoins, de peur que nos voisins ne devinent notre misère. Tu le vois bien, ta sœur, qui n'a presque rien pris à dîner, garde le silence là-bas, dans son coin : fais comme elle, ami, ne crie point, si tu ne veux pas me rendre plus malheureux.

Et comme je me penchais tristement sur la poitrine de mon père, et que, ayant faim, je versais, sans rien dire pourtant, d'abondantes larmes, mon père arrachait ses dernières boucles d'argent, et les donnant à ma sœur : cours, disait-il, ma fille, vends-les et achète en revenant ce que tu pourras.

Elle allait la pauvre enfant, mais elle revenait bientôt suffoquée par les larmes et les sanglots qu'elle retenait depuis trop longtemps. Elle avait été durement repoussée par l'orfèvre; elle s'était presque vue soupçonnée de vol par cet homme qui ne la connaissait pas, et alors elle pleurait, elle aussi, amèrement. Mais ensuite voyant notre père se lever, marcher à grands pas, et avec un air de désolation finir par s'appuyer le front sur le manteau de la grande cheminée, elle me tirait loin de lui, et murmurait à mon oreille : — Frère, si nous continuons à pleurer, nous allons faire mourir notre bon vieux, à force de lui causer de la peine. Essuie tes yeux, toi surtout, et va lui dire qu'il ne faut plus qu'il s'afflige, que tu n'as plus faim.

Du revers de ma main j'essuyais en effet mes larmes, et m'approchant de mon père je lui tendais les bras et je lui disais : père, ne t'afflige point davantage, je n'ai plus faim du tout.

Oh ! à ces paroles le cœur de notre père achevait de se fendre, et lui, comme s'il n'eût pas été l'homme le plus fort que j'aie jamais connu, il s'abandonnait, en nous serrant convulsivement entre ses bras, à la douleur et au désespoir.

Quelques moments après, ma mère entrait pâle, défaite, languissante. Elle n'avait pu obtenir plus tôt du riche malade qu'elle veillait depuis trente jours et trente nuits un peu d'argent à l'avance. Jamais je n'ai rien mangé qui m'ait semblé amer comme le pain que ce soir-là elle se hâta de nous rompre à ma sœur et à moi.

Cependant ma sœur grandit et se mit à travailler; ma mère aussi trouva des coutures à faire, et nous ne fûmes plus du moins exposés à manquer du nécessaire. Mais avant d'arriver là, mon père, à qui son âge et la non-habitude du travail n'avait permis que bien peu de les aider, avait été forcé de vendre les uns après les autres les meubles qui ne nous étaient pas absolument nécessaires, et en dernier lieu, sa maison.

Je ne sais comment il se fit que, étant âgé d'un peu plus de dix ans, j'attirai les yeux d'un respectable prêtre. Malgré la pauvreté de mes habits, et cet air bêtement timide que donne habituellement une vie de misère, il se mit à m'adresser de douces et caressantes paroles. D'abord je me reculai tout effarouché. Je ne concevais pas une marque d'affection qui ne me vint pas de mon père, de ma mère ou de ma bonne et chère sœur. J'avais de proches parents, mais tous dans l'aisance; ils passaient près de moi en détournant la tête. — Et un étranger venait familièrement passer ses doigts dans mes grands cheveux bouclés; et il m'appelait son petit ami! — Je vous l'ai dit, d'abord je ne comprenais pas comment cela pouvait arriver.

Cependant je fus prompt à me faire à ces marques d'affection. Plus libre avec celui qui devait bientôt devenir mon protecteur, je babillai, je lui plus davantage. Lui, enfin, dans le désir de me donner ma part du bonheur commun, parla de me faire faire mes classes, et bien plus il promit, quoique peu fortuné, de subvenir à mes plus fortes dépenses. Dans sa pensée je devais être prêtre.

La première fois que je partis pour le petit séminaire, j'étais ivre de joie. Mon imagination, commençant à se réveiller, me montrait dans l'avenir l'égalité avec mes camarades, l'affection du plus grand nombre d'entre eux ; l'estime de mes maîtres et des prix à la fin de l'année, des prix donnés dans un jour de fête, aux yeux d'une nombreuse assemblée qui m'applaudirait.

De tout cela j'eus ce que j'avais promis à mon vieux père : des prix, des couronnes. Mais personne ne me rechercha, ne m'aima ; j'étais trop pauvre. Mais les maîtres qui devaient me défendre contre l'oppression générale, je les vis plus d'une fois rire du mal dont on se plaisait à m'accabler ; plus d'une fois je les entendis se moquer les premiers et le plus amèrement de la coupe singulière et de l'étoffe râpée de mes vêtements...........
Et si donc ils avaient su que je les tenais tous de la main de la charité !

Frères, j'ai beaucoup souffert durant ce temps d'épreuve, qui ne dura pas moins de deux ans. Souvent retiré dans un coin solitaire, n'osant me mêler à ces bandes de jeunes garçons qui passaient devant moi folles et rieuses, je me suis pris à verser toutes les larmes que contenaient mes yeux d'enfant, et à demander à Dieu qu'il me fît mourir plutôt que de me laisser là dans l'abandon et le mépris.

Mon indigne prière ne fut point exaucée, et malgré tout j'ai atteint le but que s'était proposé mon bienfaiteur : j'ai terminé mes études, et, maintenant prêtre, je ne sens plus les atteintes de la misère d'autrefois. J'ai même le bonheur d'adoucir autant que possible les dernières années de ma mère, et de soustraire ma sœur au vasselage des journées.

Cependant, frères, ne vous hâtez pas de me féliciter. — Je souffre encore, car j'ai un frère qu'il m'est impossible de secourir comme je le désirerais et à qui néanmoins le salaire du travail journalier ne suffit pas toujours. — Je souffre encore, car envoyé au milieu d'un pays pauvre, j'ai souvent sous les yeux le spectacle navrant d'un père qui agonise au milieu d'une famille à laquelle tout manque, bois, vêtements et pain.
Non ! ne vous hâtez pas de me féliciter ! — J'aime le peuple ;

et je le vois accablé sous le poids de ses maux, et je ne sais comment il pourra être véritablement soulagé. Puis, j'aime la France et toutes ses grandeurs. — Et le sort de la France et de ses grandeurs quel sera-t-il dans l'avenir.

A ce dernier signe, frères, reconnaissez-moi. — Oui! je suis du peuple, puisque j'aime avec passion notre belle patrie et que je me préoccupe vivement de sa gloire. — Je suis du peuple! — Je le répète et je m'en glorifie. — C'est le titre qui me donne le droit de vous parler. — Refuserez-vous de me prêter attention.

Oh! je le sais, je ne suis qu'une voix et une voix ignorée encore. Comment parviendrai-je à pénétrer dans vos ateliers, dans vos humbles demeures, à me faire aimer de vous? Comment mes idées deviendront-elles les vôtres? — Je l'ignore. — Mais Jean-Baptiste n'était qu'une voix, et il a rempli dignement une sublime mission. Le Christ lui-même ne voulut être qu'une voix enseignante, et il a accompli les choses les plus miraculeuses, et conquis à sa croyance une partie de l'univers. Donc, en avant! si mon œuvre est bonne, Dieu et le peuple la soutenant, elle prospèrera. — Sinon. — Qu'elle tombe, je m'y résigne par avance : le temps où je dois être utile à mes concitoyens n'est pas arrivé.

III.

PATRIE.

Frères, gardons-nous de ressembler à ces hommes qui, fiers de leurs richesses, enorgueillis de leur puissance, savent uniquement parler de leurs droits : et nous autres pauvres, entretenons-nous plutôt de nos devoirs.

Le premier, le plus noble, le plus saint de tous, c'est l'amour de la patrie, c'est le dévoûment à ses intérêts, à son honneur. Cela n'a pas plus besoin de preuves que la nécessité de chérir sa mère et de la protéger contre l'insulte. Voyez plutôt comment agissent nos pères à partir du jour où ils ont recouvré la liberté civile, perdue au milieu des horreurs de la conquête franque. Ils ont enfin pris place dans la nation; nouveaux citoyens, ils ont à exercer des droits et des devoirs nouveaux, et sous le nom de troupes des communes, ils sont aujourd'hui sur le champ de bataille de Bouvines. — Ils sont dignes d'être attentivement considérés. — Ils savent que les princes ennemis ont le projet de conquérir la France et de se la partager : — Dès lors ils ne comptent plus pour rien le danger et la mort ; ils demandent le premier rang en face d'une armée trois fois plus nombreuse que la nôtre. Contre les fiers barons entourés de leurs fidèles, contre les hommes bardés de fer, eux qui, presque tous, voient pour la première fois la mêlée horrible, sanglante, ils combattent avec le plus rare sang-froid et la valeur la plus remarquable. Où est le roi, suivi de ses gardes aguerris et de ses preux renommés par leur vaillance, tout est rompu par les Allemands : Philippe-Auguste est sur le point d'être fait prisonnier. Où sont nos pères, aucun effort ne peut entamer les rangs français. Après avoir résisté, ils attaquent à leur tour ; ils marchent renversant tout devant eux. L'instinct guerrier, le plus sûr chez nous autres Français, les guide partout où leur présence est nécessaire. A eux revient une grande part dans la victoire, et des historiens de noble origine ne balancent pas à l'avouer.

Plus tard, notre ennemi de tous les temps, l'Anglais, favorisé par une reine infâme, s'est emparé de la plus grande partie de nos provinces. Une campagne encore, et les murs d'Orléans, déjà assiégé, tomberont, et la France ne comptera plus parmi les nations. — Nos soldats, consternés par de trop fréquentes défaites, semblent trembler, dès que Dunois et Xaintrailles, leurs braves capitaines, leur parlent d'un nouveau danger. — Qui donc ranimera leur courage et leur apprendra à regarder l'Anglais en face ? — Une jeune fille du peuple, Jeanne d'Arc, la bergère.

Mais qui l'a suscitée ; qui l'a jetée, la pauvre vierge timide, du silence et de la paix des champs, au milieu de la licence, du fracas et des excès dégoûtants d'une guerre à mort ? — Dieu ! dit-on. — Oh ! sans doute, le Dieu des combats aime la France d'un amour de prédilection. Il nous a parfois affligés. — Abandonnés ? — Jamais. — Il nous conduit comme par la main à de mystérieuses destinées ; et quand la force nous manque pour suivre la route qu'il a tracée devant nous, il étend son bras en notre faveur ; il nous soutient ; il augmente notre énergie ; il nous fait triompher des obstacles. — Dieu ! c'est notre foi, c'est notre espérance, nous le proclamons.

Mais les inspirations de Dieu n'étaient pas le seul motif qui eût remplacé la houlette par l'épée dans les mains de Jeanne. Elle avait vu toutes les fêtes, toutes les joies du village détruites par l'invasion anglaise; elle avait entendu son père et ses frères raconter la désolation portée dans nos campagnes par les odieux étrangers qui étaient venus de l'autre côté de la mer; de la bouche de ses compagnes, des jeunes pâtres et de ses vieux voisins, elle avait recueilli le récit des mille horreurs commises contre la France par ses ennemis abhorrés : — Le roi Charles VI, mort fou et prisonnier; — son fils, chassé de ville en ville et réduit aux dernières extrémités ; — le sol de la patrie ravagé de toutes parts; — les femmes mourant au milieu des plus infâmes outrages; — les enfants, les vieillards, impitoyablement égorgés, revenaient sans cesse dans les discours passionnés des gens simples qui l'environnaient, et enflammaient à la fin son imagination. — Alors dans ses rêves elle devenait homme; elle se revêtait d'une armure et se dévouait à la défense commune, à la délivrance du pays. — Elle partit donc parce que la voix du peuple, non moins que celle de Dieu, la poussait au combat.

Frères, vous savez le reste. Vous avez appris comment cette admirable jeune fille tira de leur torpeur, et le roi qui s'endormait sur le sein d'une femme, et nos soldats qui, de plus en plus, s'abandonnaient à un lâche abattement. Vous connaissez ses vertus, son courage, son triomphe, puis à la fin ses tortures et sa mort sur un bûcher. Frères, notre sœur Jeanne d'Arc a été martyr de la France!.... Son sort est beau et digne d'envie! — N'oublions pas néanmoins que les Anglais ont été ses juges iniques, ses bourreaux, et que son sang, criant inutilement vengeance, est venu se mêler à celui de nos braves de Waterloo. — Oh! souvenirs déchirants! oh! haine héréditaire et sacrée! — Oui, sacrée, et je le dis sans crainte, car l'amour de la patrie peut la sanctifier, et nous l'avons reçue de nos pères comme leur suprême volonté.

Nos rois eux-mêmes, malgré la tourbe des grands seigneurs, qui toujours cherchaient à les empêcher de communiquer avec ce qui n'était pas eux, n'ont jamais ignoré quelle confiance ils pouvaient mettre dans les hommes de leur peuple. Tant qu'ils étaient heureux, il semblaient l'oublier; mais une crise venue, quelque grand danger menaçant le pays, l'appel était vite fait à ces classes dites inférieures de la société. Ne nous souvient-il pas du très-haut et très-puissant monarque qui avait nom Louis XIV? Il eut ensemble et la jeunesse, et les plaisirs, et les victoires. Puis, quand devenu vieux il se fut fait dévot, la fortune tout à coup l'abandonna. De défaite en défaite il en vint, lui, le conquérant et le triomphateur de l'époque, à n'avoir plus qu'une armée. Du reste les Condé, les Turenne, les Luxembourg et ces autres grands capitaines, dont la présence triplait le courage des nôtres, étaient morts; et, à leur place, commandait un général vaniteux, qui, sans talents remarquables, devait lutter contre un terrible adversaire, le victorieux prince Eugène.

Dans cette circonstance, quels ordres donnera le Roi de France? Conseillera-t-il la prudence, la sage lenteur! — Allez, dit-il à Villars, cherchez l'ennemi et livrez bataille. — Mais, Sire, répondit le général, si je suis vaincu, la France ouverte de toutes parts est conquise. — Livrez cette bataille, vous dis-je, et si vous la perdez, je fais un dernier appel à mon peuple, et, à la tête d'une armée de deux cents mille hommes, j'irai moi-même venger nos revers, ou m'ensevelir sous les ruines de la monarchie.

Eh bien! que vous semble de ces paroles? Ne sont-elles pas les plus nobles qui soient jamais sorties de la bouche d'un souverain? Qui donc les avait inspirées à Louis XIV? La connaissance des hommes de son peuple. — Il savait que ce mot *Patrie* les électriserait tous; que pour la patrie tous tiendraient à honneur de se dévouer jusqu'à la mort. — Et vive Dieu! car il protège la France, car alors il donna à ceux de nos pères qui avaient les armes à la main, le courage et l'impétuosité des héros antiques; et nos pères, dans leur élan, emportèrent d'assaut les places fortes, battirent les ennemis, et gagnèrent une paix glorieuse au royaume épuisé.

Maintenant, après un roi infâme et cet infortuné Louis XVI, dont la tête fut trop faible pour soutenir, sans se briser contre les écueils, le choc des tempêtes révolutionnaires, voici venir parmi nous l'ère de la République.

Durant toute cette époque d'immortelle mémoire, le peuple en France prouva admirablement quel amour passionné il avait

pour le sol natal. A ces mots : — *La patrie est en danger!* —
il se lève avec enthousiasme, il prend les armes; il vole à la
frontière; et, sans se laisser effrayer par de sanglantes défaites,
il apprend enfin comment on organise la victoire. Les armées
ennemies se renouvellent sans cesse, et semblent se multi-
plier. — Peu importe à nos soldats! — C'est un honneur plus
brillant qui leur est préparé, et aux mâles accents de la *Mar-
seillaise :*

> Allons, enfants de la patrie,
> Le jour de gloire est arrivé.....

Ils se multiplient eux-mêmes, et font face partout. Ils chas-
sent de Toulon les Anglais; ils refoulent sur leurs territoires
les Prussiens et les Autrichiens; ils mettent le pied sur la terre
d'Espagne; ils pénètrent en Italie, où bientôt ils seront commandés par l'homme aux prodiges militaires, par Bonaparte;
dans leur soif insatiable de gloire ils entrevoient des lauriers
cueillis encore plus loin, vers les pays de l'Aurore, et bientôt
ils iront planter leurs drapaux près des pyramides d'Egypte.
Sont-ils grands ces hommes, naguère esclaves du bon vouloir d'un roi imbécile ou d'un ministre corrompu, et maintenant réveillés à la liberté! ils remplissent le monde entier de
leur renommée. — Et pourtant que sont-ils, eux et la plupart de
leurs chefs? — Rien que des misérables au dire des gens bien
nés, ayant richesses et belle éducation. — Mais moi, je les
proclame illustres entre tous ces rudes habitants de nos campagnes, ces enfants sans tenue de nos ateliers, qui ne se sont
trouvé dans le cœur aucun amour comparable à celui de la
patrie. Moi, je crie à qui veut m'entendre : qu'ils sont nobles
entre tous, eux qui manquant de chaussure, de vêtements, de
pain, ont méprisé la voix du besoin, ont eu joie à verser leur
sang pour leur pays, et l'ont mis, ce pays, par leur héroïsme
et leurs conquêtes, au rang le plus élevé.
Qu'ont-ils donc pu faire qu'ils n'aient pas fait? dites-le nous?
vous qui êtes tentés d'affecter à leur égard un superbe dédain,
à cause de leur origine! Certes si la partie de nos annales où
ils figurent offre des taches indélébiles, vous savez bien qu'il
ne faut l'attribuer ni à eux, ni à leurs semblables. L'idée de
l'échafaud permanent n'appartient pas au peuple.
Ici je m'arrête involontairement. — Malgré l'éclat tout po-

pulaire qui jaillit de l'histoire bien comprise de l'Empire, je ne me sens le courage de vous esquisser aucun trait de cette histoire. Une tristesse subite s'empare de moi, et je laisse pesamment retomber sur ma poitrine ma tête chargée de sombres pensées.

Frères! frères! qu'avons-nous fait de l'amour de la patrie? Qui de nous la regarde comme sa mère? qui de nous est prêt à exposer sa vie pour son honneur et sa sûreté, pour sa liberté et son bonheur? — Lâches égoïstes que nous sommes, nous ne pensons qu'à nous, nous ne voyons que nous dans le monde. La patrie! — Ce n'est rien. — Qu'elle soit dégradée, avilie; qu'elle périsse à jamais! Peu nous importe, il semble, pourvu que nous puissions conserver le repos.

Et voici en quelques mots notre histoire. — Les admirables exemples que nous ont légués nos pères de 93, nous les avons oubliés. — Le dépôt de gloire qu'ils avaient confié à notre patriotisme, nous l'avons perdu! — Les pays qu'ils avaient arrachés à la servitude, nous les avons laissés retomber sous les sceptres de fer de leurs anciens tyrans. — Et maintenant nous aimons la mollesse, les plaisirs énervants, les folles voluptés, et maintenant nous n'avons plus qu'une soif, nous n'avons plus qu'un rêve, la soif de l'or, le rêve de la richesse; et maintenant parce que nous n'avons pas tous de l'or, de la richesse en suffisance, nous nous séparons, nous, enfants de la même famille nationale, en deux camps ennemis. Déjà nous nous menaçons les uns les autres. Bientôt sans doute le sang français coulera sous des coups portés par des mains françaises; et l'incendie aussi jouera son rôle dans nos guerres intestines. — Ah! malheur à nous! Comparés surtout à nos pères, nous ne sommes plus qu'une race abâtardie; nous ne comprenons qu'à moitié ce qui est grand et noble; nous semblons ignorer que nous devons tout sacrifier à l'honneur, à la grandeur de la France, et que l'honneur, la grandeur de la France consiste à se dévouer pour les autres peuples. Ouvrons donc enfin les yeux, voyons nos devoirs où ils sont, réveillons-nous à cette vie nouvelle que Dieu nous destine.

CHANT DE RÉVEIL.

Réveille-toi, lève-toi, noble France ;
  Que je te voie enfin frémir,
Et t'élancer vers la toute-puissance,
  Et pour toujours la ressaisir.

  Réveille-toi, la tyrannie
  Prendrait ton sommeil pour effroi,
  Oh ! ranime ton énergie,
  Noble France, réveille-toi !

Sur l'Océan, la puissante Angleterre
  Prépare en secret son canon.
Elle se tait, mais perfide, elle espère
  Humilier ton pavillon.

  Réveille-toi, ton ennemie
  Prendrait ton sommeil pour effroi ;
  Oh ! ranime ton énergie,
  Noble France, réveille-toi !

Regarde au Nord ; la Pologne expirante,
  Seule encore contre ses bourreaux,
Souffre, gémit, et de sa main sanglante
  Te montre l'excès de ses maux.

  Réveille-toi, ta vieille amie
  Prendrait ton sommeil pour effroi ;
  Oh ! ranime ton énergie,
  Noble France, réveille-toi !

Princes et rois, dans leur sombre colère,
  N'ont plus qu'un espoir, qu'un désir :
Ils veulent tous, ce n'est plus un mystère,
  Te frapper à mort, t'avilir.

  Réveille-toi, la tyrannie
  Prendrait ton sommeil pour effroi ;
  Oh ! ranime ton énergie,
  Noble France, réveille-toi !

Presse-toi donc, renverse les obstacles ;
  Et, reprenant tes fiers élans,
Dis à tes fils d'enfanter les miracles
  Qu'admirèrent les rois tremblants.

  Réveille-toi, la terre entière
  Prendrait ton sommeil pour effroi ;
  Oh ! montre ta force première,
  Noble France, réveille-toi !

Rends-nous ces jours que nul n'oublie encore,
Où ton glaive à tous les tyrans,
Comme un sinistre et sanglant météore;
Donnait de noirs pressentiments.

Puisqu'il le faut, à la victoire
Marche, et que le monde enchanté
Se réjouisse de ta gloire
En recevant la liberté !

Pauvre chant ! ou bien tu passeras inaperçu, ou bien tu ne laisseras pas plus de trace dans les âmes que la voix n'en laisse dans l'air. Cependant la France, après sa triple Révolution, croira être véritablement réveillée parce qu'elle sera agitée profondément. — Rêve trompeur et funeste !

IV.

HONTE ET MALHEUR.

Lorsqu'un peuple a perdu le sentiment moral, il se laisse bientôt vilipender et conspuer, et frapper au visage. Dès lors il ressemble à l'un de ces vils mendiants qui, couverts de plaies hideuses, suites ordinaires de la débauche, sont repoussés avec dédain par les autres hommes. Dans leur isolement, ces infortunés gémissent en se rappelant les temps meilleurs de leur jeunesse, ces temps où, brillants de force et de santé, ils florissaient parmi leurs égaux. Ils se désolent et se disent : Comment notre beauté s'est-elle flétrie? comment sommes-nous devenus si hideux que les fils de nos mères eux-mêmes ne veulent pas nous reconnaître? Maintenant on se détourne de nous; on nous jette à peine de quoi nous empêcher de mourir d'inanition, et nulle figure ne nous témoigne cette douce pitié qui fait tant de bien à ceux qui sont dans la souffrance. Mais de quoi nous plaignons-nous? Qui donc est la première cause de nos infortunes, si ce n'est nous? Nous nous sommes abandonnés à la lâche paresse, aux dégradantes voluptés; nous avons méprisé les cris de ceux qui nous disaient : — Prenez garde, vous courez à votre perte. — Et voici que, en effet, nous sommes perdus, perdus à jamais. — Ah! maudits soyons-nous!

— Et, dans leur inconsolable désespoir, ils se roulent dans la poussière.

En vérité, je vous le dis, les peuples qui ont perdu le sentiment moral sont semblables à ces hommes. Comme eux ils ont aimé la pesante inertie; par lâcheté d'âme, ils ont laissé s'effacer en eux la notion des devoirs; par faiblesse de caractère, ils ont méprisé les mœurs saintes et rigides; ils ont placé leur bonheur dans les voluptés; ils se sont vendus pour un peu d'or; ils se sont abandonnés à l'égoïsme; ils ont dit : — Les uns : — « Qu'on nous donne à présent du pain et des plaisirs » à notre goût. » — Les autres : — « Qu'on augmente nos richesses. » — Les autres : — « Qu'on multiplie nos préro- » gatives, — et le reste qui nous appartient, notre gloire » antique, notre honneur national; et ce qui appartient à nos » enfants, l'avenir de la patrie, nous en ferons bon marché. »

Et alors il s'est trouvé des êtres portant le nom de rois, de princes, de ministres, ou quelque autre semblable, qui se sont écriés avec une joie impie : — « C'est bien!...... A vous, me- » neurs des partis populaires, voici des richesses, des hon- » neurs, des prérogatives. — Quant à toi, multitude, voici le » pain, les spectacles, les folles joies dont tu te montres si » avide. — Et maintenant, silence! que nous remplissions en » paix notre mission. »

Or, cette mission consistait à conduire la patrie à sa perte par le déshonneur, et ils l'ont remplie, et, comme c'était la suite d'un marché conclu, nul n'a paru s'en émouvoir, excepté quelques hommes privilégiés, doués d'un reste d'énergie.

Et le temps a marché, et il a été vu que le peuple qui avait perdu le sens, qui s'était vendu, était vite réduit au dernier degré de l'abjection. La masse entière des citoyens offrait un spectacle dégoûtant, tant il y avait là, au moral, de corruption profonde, de lèpres hideuses, de plaies larges et incurables. — Et ces malheureux, ne pouvant satisfaire tous ensemble leurs appétits déréglés, se divisaient, s'entre-déchiraient par de cruelles guerres. — Pour eux, la patrie n'était plus qu'un mot; ils se faisaient un jeu de sa ruine. A la fin, les plus faibles, afin d'échapper à une extermination certaine, ou bien les plus corrompus, afin de gagner par là quelques sommes d'argent, appelaient les étrangers.

Ceux-ci venaient en armes; et profitant des divisions intestines, des trahisons arrangées d'avance, reçus du reste par un grand nombre, de même que le seraient de bien-aimés libérateurs, ils s'emparaient rapidement du pays entier.

Alors ils se rassemblaient et se demandaient les uns aux autres : « Que ferons-nous de ce peuple! Faut-il le rayer du » livre des nations ? »

Et les avis étaient différents.

Cependant il arrivait que quelqu'un osait dire : — Il y a des choses trop méprisables, pour qu'elles portent désormais un nom particulier sur la terre : que ce peuple donc cesse d'exister. Partageons-nous son territoire ; et si, à cause de cela, il montre de la colère, s'il a l'audace de tenter une révolte, ressouvenons-nous que nous sommes les plus forts ; usons de nos avantages, poursuivons-le sur sa terre natale, comme nous poursuivrions une troupe de bêtes farouches dans les bois ; exterminons-le.

Peu de temps après, des cris de détresse, d'horribles imprécations, des soupirs de mort innombrables s'élevaient à la fois de toutes les provinces qu'habitait le peuple vaincu.

A la nouvelle de sa nationalité détruite, il était sorti soudain de sa longue léthargie, et partout il avait poussé ce cri : La mort plutôt que ce dernier degré d'abjection! — Et les étrangers l'ayant entendu, les étrangers qui par avance lui avaient enlevé ses armes, avaient confondu dans une commune boucherie ses hommes et ses vieillards, ses femmes, ses vierges et ses petits enfants.

Et ce qui restait de ce peuple allait par la terre mendiant un peu de pain et d'eau, et les autres nations qui, par pitié, lui accordaient les objets de ses prières, détournaient cependant la tête avec dédain, en les lui donnant.

Involontairement elles se souvenaient des vices et des excès de tout genre qui avaient perdu ce peuple désormais sans nom.

V.

MALÉDICTION.

Quel sort t'est réservé à toi, ma patrie, ma France adorée? Pour toi je m'inquiète, je tremble, je pleure, et rien ne me rassure ni ne me console, parce que rien ne peut effacer en moi le souvenir de tes maux.

Quelques-uns de nos gouvernants ont essayé de corrompre tes enfants par l'appât des richesses et des honneurs; et tes enfants se sont ainsi laissé corrompre.

Des gouvernants ont voulu que les hommes capables de dire : — la patrie avant tout! — devinssent rares parmi nous; et parmi nous, ces hommes purs sont devenus rares.

Des gouvernants ont voulu que notre peuple perdît la notion de ses droits et de ses devoirs; et notre peuple insensiblement en a perdu la notion, et par là même il s'est abruti, et aujourd'hui encore il n'a de goût que pour les grossières jouissances du lucre et de la volupté.

Des gouvernants ont voulu nous enlever toutes nos gloires, tout le prestige qui s'attachait autrefois à notre nom de Français. — Et lâchement nous commencions à souffrir qu'on nous en dépouillât, et chacun de ces peuples qui auparavant s'inclinaient avec respect devant nous, se prenait déjà à nous regarder en pitié et à ne pas nous ménager l'outrage.

Des gouvernants ont voulu qu'une jalousie farouche, une haine implacable, s'animassent entre les différentes classes de la société. — Et, insensés, nous oubliions que pour résister à la tyrannie il faut s'unir. — Nous nous divisions donc en deux camps ennemis; nous nous menacions du geste, et nous engagions la lutte sanglante, acharnée; et nous ne reculions pas devant l'horreur de donner la mort à des hommes qui étaient nos frères; et nous jonchions de cadavres les rues de nos cités.

Ah! le sang versé par nos mains impies, crie contre nous vers Dieu; la vengeance céleste nous menace. — Ne ferons-nous rien pour la conjurer?

Hâtons-nous, hâtons-nous d'abjurer les sentiments mauvais que des hommes ennemis ont fait germer dans nos cœurs. Oublions nos torts mutuels; renversons, détruisons à jamais les obstacles qui nous séparent encore. Quels que soient nos rangs dans la société, rapprochons-nous, unissons-nous, apprenons à nous aimer, à nous faire du bien. Il n'y a plus de salut pour nous que dans la mise en pratique de la doctrine du pardon, de la charité, de la fraternité.

Qu'ils soient seuls exceptés, qu'ils soient seuls maudits, ces gouvernants qui ont fait le mal, ou qui l'ont fait faire par l'appât de l'or ou des dignités. — Génies dégradés, déjà marqués comme des anges déchus du sceau de la réprobation, ils ont semblé n'aspirer qu'à l'avilissement de la patrie par la dégradation des individus. — Et dans cette œuvre impie à parfaire, ils ont été obsédés par l'esprit des ténèbres au point de ne pas s'apercevoir que leurs pieds commençaient de glisser sur le bord d'un précipice. Pour eux, quoiqu'ils soient tombés, pour eux pas de pitié. Qu'ils soient maudits, maudits par tous! et puissent nous venir des paroles qui attachent à leurs noms trop connus une flétrissure indélébile.

CHANT DE HAINE.

Jeune homme au fier parler, aux yeux pleins de hardiesse,
Consens à me servir, je t'ouvre mon trésor. —
C'est ainsi qu'un puissant a tenté ma jeunesse,
Et moi j'ai répondu : Je méprise ton or.

Quoi! pour ton vil métal, adorant ta puissance,
Je bénirais les jours où tu nous fais la loi!
Je dirais de t'aimer ! — Mais de toute la France
S'élève un cri d'horreur qui n'a d'objet que toi.

Puis-je donc oublier que devant l'Angleterre
Tu t'es mis à genou pour mendier la paix,
Quand nous pouvions venger dans une juste guerre
Le plus affreux revers qui nous frappât jamais.

Devant ces pauvres rois que l'éclat de nos armes,
Par simple souvenir, faisait au loin trembler,
Tous ne t'ont-ils pas vu, trahissant tes alarmes
Et tes lâches frayeurs, supplier et ramper?

Et dans cet Orient où le bruit de nos gloires
Avait jadis volé sur l'aile de l'effroi
Qui nous ravit l'honneur de nouvelles victoires?
Qui nous couvrit de honte! — Oh! qui? — Si ce n'est toi?

Parmi les nations tu nous as fait descendre
Au degré le plus bas. — Et, saisis de torpeur,
Gémissants et pleurants, nous ne savons qu'attendre
Que trop de honte enfin nous révolte le cœur.

Mais à quoi sert l'attente? — Et ta hideuse tête
Ne rêve-t-elle point pour nous un autre affront!
Ne pense-t-elle point à des chaînes? — Arrête!
Ou d'un signe fatal tu te marques au front.

Tu trembles? — Calme-toi; — l'on n'ôte plus la vie
Même au tyran qui vole à ses peuples leurs droits;

Il vaut mieux, le chassant de sol de la patrie,
Le jeter en exil, leçon vivante aux rois.

Fuis donc, toi, du veau d'or l'adorateur infâme,
Toi l'amant obstiné de la paix à tout prix,
Toi l'avide acheteur d'une vertu, d'une âme,
Fuis ! — Tes crimes ainsi nous sembleront punis.

Seulement, parmi nous répété d'âge en âge,
Ton nom, toujours suivi du mot : — CORRUPTION ! —
N'inspirera jamais que sentiment de rage,
Et jamais n'obtiendra que malédiction ! —

VI.

SOUVENIR DE GLOIRE.

Frères, notre âme, pour peu qu'elle ait conservé de sa bonté native, se lasse vite de la haine. Elle s'y livre quelquefois, il est vrai, et trouve même une âcre puissance à s'y abandonner entièrement. Mais bientôt elle revient avec joie à quelque chose de plus doux. Qu'une idée de gloire, par exemple, se présente à elle ! — Elle s'en empare, elle l'exploite, elle met à la développer toute l'énergie que les émotions de la haine avaient réveillée en elle. Elle quitte la terre où tant de spectacles déplorables l'affligent sans cesse. Elle prend son essor vers un monde meilleur. Elle y vit; et la sainte poésie lui devient subitement facile; et par ses propres accents elle se berce en des rêves du temps passé. Alors brillent devant elle les noms de ces quelques hommes qui ont illustré la patrie, et que, reconnaissante, la patrie honore. Oh! comme elle se prend à les aimer! comme elle se plaît à les ceindre de la plus glorieuse auréole!

A NAPOLÉON.

Dans les cieux je l'ai vu tout éclatant de gloire,
Et de splendeur divine, et d'immortalité,
Le célèbre captif à qui la royauté
N'offrit sur un rocher qu'absinthe et fiel à boire.

Je l'ai vu recevoir pour couronne un rayon
Pris, par Jéhovah même,
Parmi les feux qui, brûlant diadème,
De la Trinité sainte entourent l'union.

Et de ces potentats dont la magnificence
D'utiles monuments a doté leurs Etats,
De ces antiques rois qui ne connaissaient pas
De nature rebelle à leur fière puissance.

De ces triomphateurs qui, sous leur char altier,
Ecrasaient en passant et monarque et royaume,
Et que les empereurs, plus humbles que le chaume,
Suivaient en courtisans, — il était le premier!

Il était le premier de ceux que leur génie
A soudain réveillés au sein d'un peuple fort,
Et qui, bravant les lois, l'opinion, la mort,
Se sont faits souverains de leur mère patrie.

Oh! sa course fut belle, et glorieux son sort!
Mais ses torts? — Expiés par sa longue agonie.

Et maintenant, assis sur un trône brillant,
Entouré des héros, âme de son armée,
Il redisait à tous, de sa voix animée,
Comment, d'un seul regard, il changeait en géant
Chaque soldat français sous ses yeux combattant.

Campagne d'Italie! oh sublime Iliade!
Là nos forts, nos vaillants, comme dans la Troade,
Se moquaient du grand nombre, et riaient du trépas. —
Là ces hommes de fer auraient de Dieu lui-même
Osé braver la foudre et la force suprême,
Si Dieu visible eût pu s'opposer à leurs pas.

Quatre fois devant eux une armée ennemie
Se réforme et s'avance en couvrant les chemins,
Et quatre fois par eux, aux plus honteux destins
Offerte en holocauste, elle est anéantie.

Vous en fûtes témoins, Montenotte, Lodi,
Rovérédo, Mantoue, Arcole, Rivoli! —
Dites-nous si jamais soldats plus intrépides
    Eurent des élans plus rapides,
    Un courage plus aguerri.

      Le Tyrol s'étonne
      De voir leur colonne
Affronter le triple danger
De ses gorges, de ses rivières,
Et des vieilles bandes guerrières
Qui du Rhin viennent d'arriver.

Mais lorsque le Français s'élance,
    Guidé par le chef qu'il chérit,
Il ressemble au lion qu'un obstacle subit
Retarde dans sa course, et qui d'impatience
    Et rugit et bondit.

S'arrête-t-il? Jamais. — Aspirant à la joie
D'atteindre sa proie,
Il franchit tout, et, dévorant vainqueur,
Il déchire bientôt sur l'arène sanglante
Le buffle courageux, la cavale puissante,
Objets de sa brûlante ardeur.

Ainsi nous franchissons et les fleuves rapides,
Et les ravins profonds, et les rocs escarpés,
Et devant nos mousquets, comme des faons timides,
Les ennemis sont dissipés.

Enfin le Simering se couvre de nos tentes,
Et de nos trois couleurs, comètes menaçantes,
Les lueurs vont au loin, jusque dans son palais,
Effrayer l'empereur, le forcer à la paix.

Eh! ne frémissez pas encore
Sur les têtes de nos guerriers,
Prix sacrés de l'honneur, ô glorieux lauriers!
Non, ne frémissez pas encore!
Tout n'est pas dit : voici qu'au pays de l'Aurore
Recommencent pour nous les combats meurtriers.

Déjà la cité d'Alexandre
Gémit de voir ses murs forcés de toutes parts,
Et sur les bords du Nil, sans plus nous faire attendre,
Nous déployons nos étendards.

L'Égypte s'en émeut. — Ah! sous vos pyramides,
Superbes Pharaons, rompez votre sommeil,
Vous surtout qui fûtes avides
Du spectacle sanglant des combats homicides,
Hâtez, hâtez votre réveil!

Ne l'entendez-vous pas? Une voix brève et fière
De vos tombes de rois trouble la longue paix,
Et vous appelle tous à contempler de près
Notre vertu guerrière.

Les rayons du soleil, l'air que nous respirons,
Sous nos pieds les sables eux-mêmes,
Tout est de feu. — Mais ces douleurs extrêmes
Nous ne les sentons pas. — Bientôt nous combattrons,

Sans relâche sur nous vomie,
La mitraille éclaircit nos rangs;
Des plus terribles ouragans
Egalant la vitesse et l'aveugle furie,
Les Mamelucks, les brigands d'Arabie
Menacent à la fois notre front et nos flancs.

Silence! — Qu'ils sont beaux, sous leurs mantes flottantes,
Sous leurs armes étincelantes,

Ces innombrables cavaliers,
Lorsque , emportés par leurs braves coursiers,
  Ils dévorent l'espace !
Sur leurs fronts altiers que d'audace !
Dans leurs regards quelle menace !
Et quelle vigueur dans leurs bras !
Sans doute ils sèmeront partout le noir trépas. —

    Terre ! terre !
    Le cimeterre
  Va te verser le sang des Francs. —
Aux crocodiles dévorants
Nous avons promis la curée :
Terre du Nil , terre sacrée,
Abreuve-toi du sang des Francs !

Ils ont ainsi chanté. — Mais de nouveau , silence ! —
A la voix de leurs chefs , les hommes de la France
En carrés ont uni leurs bataillons pressés
    Et de fer hérissés.

Pas un cri cependant n'est sorti d'une bouche.
  Ils sont tous là , comme l'est sur sa couche
  Celui dont l'âme a regagné les cieux,
    Immobiles , silencieux.

Seulement du soldat la figure s'anime
Et lui donne l'aspect d'un héros magnanime ,
Quand soudain, de sa rauque et saisissante voix,
La trompette redit : Chargez ! — En vingt endroits,
Quand les Turcs , soulevant des nuages de sables ,
Faisant trembler le sol sous leurs pas formidables ,
Accourent pour croiser le fer de leurs damas
    Avec nos baïonnettes ;
Quand partout se répand le parfum des combats
Plus enivrant pour nous que le parfum des fêtes.

Les voici donc enfin ces Musulmans fougueux !
    Tous, dans leurs esprits orgueilleux,
Nous préparent des fers et de lentes tortures ;
Tous ils pensent que, seul, l'éclat de leurs armures
De frayeur nous rendra sans force devant eux.

Les voici ! — Garde à nous ! — Redoublant de vitesse ,
Ils vont en quelques bonds s'être élancés sur nous ,
Nous renverser peut-être , et , dans leur dur courroux,
    Savourer jusques à l'ivresse
    Le bonheur de verser du sang.
Les voici ! — Les voici ! — Déjà leur premier rang
Sur les cous des chevaux avec fureur se penche,
Lève sur nous le sabre. — Il en est temps , Français ,
    Arrêtez leurs progrès ! —

Feu partout ! — A ce cri, cri de mort et de larmes,
Les nôtres tous ensemble ont abaissé leurs armes;
  Et d'affreux sifflements,
  De longs mugissements,
  Des explosions terribles,
 Remplissent l'air de bruits horribles,
Et vite autour de nous répandent la terreur.

Derrière un mur de feu couronné de fumée,
 Nous contenons notre valeur.
De guerriers, de chevaux, devant nous s'est formée,
Et tronquée, et sanglante, et toute à la douleur,
 La plus hideuse des murailles. —
Osez donc la franchir, et revenez encor,
Une seconde fois osez tenter le sort,
Musulmans, avec nous, des luttes, des batailles.

  Ah! malheur à vous,
  Si votre courage
  Se changeant en rage,
  S'exposait aux coups
  De notre colére !
  Pareils au volcan
  Qui, de son cratére,
  Vomit en tonnant
  La cendre étouffante,
  La pierre écrasante,
  La lave brûlante,
  Et la mort souvent,
Nous vous écraserions. . . . .

VII.

TRISTESSE ET ESPOIR.

Où vont mes vers avec leur mouvement prétendu poétique?
Ne me suis-je donc pas encore aperçu que, dominé par mes
sentiments démocratiques, j'ai perdu de vue le général, pour
ne songer qu'aux hommes du peuple qui formaient son armée.
Les grandes combinaisons qui préparent la victoire; le coup
d'œil d'aigle qui discerne tout sur le champ de bataille; la
promptitude des ordres nécessaires; l'admirable ensemble des
mouvements commandés; l'irrésistible impétuosité communi-
quée à l'attaque par le seul prestige de la présence du chef; —

j'ai tout oublié. — J'ai vu seulement des soldats durs à la peine, intrépides devant le grand nombre, inébranlables en face des dangers les plus effrayants, et d'autant plus admirables que le premier mobile de leurs actions éclatantes était dans ce mot unique. — *Amour de la patrie!*

Pourquoi du reste tant célébrer le capitaine qui a légué aux siècles à venir un nom semblable à celui-ci. — NAPOLÉON! — Assez d'autres ont épuisé pour lui toutes les formes de la louange. Il est temps que l'on se taise afin que les hommes se recueillant puissent le juger avec plus de justice..... Ou plutôt il est temps de rappeler sans colère ce que nous sommes en droit de lui reprocher. — Le voilà.

Bonaparte vient de soumettre l'Égypte. — Tout à coup il abandonne le poste que la France lui a fixé; il quitte en fugitif les bords témoins de ses victoires; il vient se cacher presque honteusement dans un coin de notre immense capitale, et du fond de sa retraite, sous la protection des lauriers teints du sang de nos braves, il médite la ruine de nos libertés.

En vérité mérite-t-il d'être chanté par nous celui qui d'abord simple consul, puis consul pour dix ans, puis consul à vie, se fit enfin décerner le titre d'empereur et maître? Lui devons-nous des vers flatteurs à ce monarque qui n'aima pas les idées, et qui ne put jamais supporter la discussion des actes de son gouvernement? L'adulerons-nous ce dominateur qui étouffa, dans une étreinte sans miséricorde, la République, sa bienfaitrice, sa mère? Lui prodiguerons-nous l'encens à ce demi-dieu qui sur ses autels voulut avant tout qu'on lui sacrifiât la liberté, l'égalité? — Quoi! nous nous prosternerions en esprit devant Napoléon parce qu'il a parcouru toute l'Europe en vainqueur, et qu'il a laissé un peu de la poussière de sa chaussure sur les diadèmes des rois! Pouvait-il donc faire moins qu'il n'a fait à Austerlitz, à Iéna, à Friedland, quand il se trouvait à la tête de ces vaillantes bandes républicaines, endurcies aux plus rudes travaux de la guerre, et animées d'un tel esprit militaire que le simple soldat y pouvait au besoin devenir sans danger commandant? Mais il devait rendre l'existence à la nation polonaise, et il ne l'a pas fait! — Mais il devait laisser libres l'Italie, la Hollande, les bords du Rhin, et il ne l'a pas fait! — Il ne s'est préoccupé que de lui et de sa famille. — Il a voulu paraître grand et très-grand et plus grand, encore. — Il a semblé vouloir dire : L'Europe, c'est moi! — Et la France, ce noble pays, cette providence vivante des peuples esclaves, il a prétendu en faire son marche-pied, pour s'élever à la domination générale! — Malheur à lui! — La France, froissée et trompée par Napoléon dans ses espérances les plus chères, ne l'a plus soutenu. — Il est tombé!...

Cependant, en présence du noir rocher de Sainte-Hélène, qui ne serait ému? Tant d'infortunes désarme. Malgré moi j'oublie le bien qu'il n'a pas songé à nous faire, le mal qu'il nous a fait, et involontairement je m'écrie : non, nous n'eussions pas dû laisser tomber cet homme! Il était notre représentant; sa gloire était notre gloire; sa puissance, notre puissance. Il n'avait peut-être pas eu le temps encore de réaliser toutes les pensées qui avaient germé dans sa tête puissante.

Oh! ses torts! — Expiés par sa longue agonie!

Dans son exil il a dit et répété mille fois qu'il aimait la France. — Et réellement, jamais, lui, il n'aurait souffert, comme cela s'est vu de nos jours, que la France fût impunément insultée. Il la voulait, notre patrie bien-aimée, il la voulait grande, respectée, illustre, par-dessus toutes les autres nations. — Et pourtant il est tombé! — et il est mort dans l'exil, mort dans une prison, où ses geoliers étaient des Anglais.

Oh! ses torts! — Expiés par sa longue agonie!

Qu'a-t-il pensé lorsque soudain des voix françaises ont réveillé il y a quelques années les échos de sa tombe? Enfin nous nous étions souvenus d'une de ses dernières prières. Nous venions réclamer à ses bourreaux ses dépouilles mortelles. Commençant une sorte d'œuvre d'expiation, nous le tirions de son exil, au moins après sa mort.

Il a dû se réjouir. — Mais, non!

Les gouvernants qui envoyaient nos marins remplir à Sainte-Hélène une si touchante mission, ne voulaient dans leurs cœurs que faire du spectacle avec un cadavre. Ils chantaient d'abord sur tous les tons, le refrain si connu :

> Rendons une patrie,
> Une patrie
> A l'exilé.

Puis ils envoyaient un tout jeune homme, prince par sa nais-

sance, et, avant l'âge, capitaine de vaisseau par la grâce des ministres de son père, puis ils envoyaient ce tout jeune homme dire au soldat de fortune, qui n'était parvenu au trône qu'en traversant les champs de vingt batailles sanglantes : — « Napo-
» léon, vous avez été longtemps notre salut, vous êtes encore
» notre gloire et notre amour. Nous avons versé des larmes
» sur les désastres qui ont terminé votre carrière. Grand
» homme, votre sort a été bien cruel. — Mais aujourd'hui
» gloire et honneur à vous! — Levez-vous, levez-vous de
» votre tombe étrangère, et venez, au milieu d'une pompe
» royale, reposer plus doucement au milieu de votre France. »

Eh bien, non! non! le grand homme, s'il eût pu alors se lever et répondre, n'aurait pas prononcé des paroles respirant la joie :

« Qui êtes-vous, aurait-il murmuré de sa voix sépulcrale,
» vous qui m'appelez votre salut! — Fils d'un Bourbon, vous
» plairait-il que je vous sauvasse, comme j'ai sauvé dans les
» fossés de Vincennes, votre arrière-cousin, le brillant duc
» d'Enghien? — Moi, votre gloire! — Vous ou les vôtres, étiez-
» vous donc avec nous, alors que ma vaillante armée et moi,
» nous jonchions de blessés et de morts ennemis les campa-
» gnes de l'Italie, de l'Allemagne, de l'Autriche et de la Pologne?
» Un peu de temps auparavant, votre famille ne s'était-elle pas
» vue balayée hors de France par le souffle populaire, comme
» par le vent d'orage est balayée l'écume qui souille la cime
» des flots? — Moi, votre amour? — Mais c'est de l'ironie,
» jeune homme. — Tous les vôtres ont abhorré en moi le ra-
» visseur de ce qu'ils appelaient leur légitime héritage. Silence
» donc! et dans le recueillement que commandent des infortu-
» nes semblables aux miennes, remplissez votre mission. »

Non! il n'a pas dû se réjouir, en retournant vers la France, l'immortel capitaine devant lequel s'étaient humiliées tant de têtes couronnées. Voyez-vous sa grande ombre se relever subi- tement, tandis que la *Belle-Poule*, fière de son fardeau, se hâte de regagner nos ports? — Napoléon écoute! — il écoute encore des bruits que les vents lui apportent à travers la Méditerranée et l'Afrique, des rivages lointains de l'Asie. Bientôt il recon- naît le tumulte des batailles. — Il s'émeut, il s'irrite, et de ses yeux coulent de larges pleurs, des pleurs de colère et d'in- dignation.

Qu'a-t-il donc entendu? qu'a-t-il vu au-delà du désert et des flots?

Ce qu'il a entendu! — le canon qui ruinait la ville de Beyrouth, notre protégée.

Ce qu'il a vu! — Oh! le génie des combats lui a montré la drisse de notre pavillon consulaire coupée impunément par un boulet anglais; et les Anglais triomphants encore; et à l'autre bout de la mer les Français dévorant leur honte dans le silence.

La honte en présence de l'Angleterre? — Est-ce là le bouquet de fête que la France doit présenter à son empereur quand il retourne de son long exil?

A cette amère pensée l'ombre de Napoléon, d'abord courbée sous le poids de ses douloureuses réflexions, s'est redressée subitement vers le ciel. Ses yeux se sont animés de la sombre énergie dont ils brillaient sans doute le soir de Waterloo, lorsqu'il voulait courir chercher la mort au milieu des rangs ennemis; et de ses lèvres pâles s'est échappée cette prière : — « Dieu! » Dieu! écrase ce peu qui reste de moi, et jettes-en la pous- » sière dans l'abîme. A reposer sur les bords de la Seine, dans » la tombe que j'ai si longtemps attendue, je préfère être » englouti dans les gouffres de l'Océan.... La France est désho- » norée! »

Aussi aurait dit l'Empereur :

Et vous, frères, vous êtes-vous sentis émus? vos poingts se sont-ils fermés d'indignation, quand vous avez comparé notre état actuel à notre grandeur d'autrefois? — Réveillez-vous! — Ah! levez-vous enfin, vous, jadis le premier peuple du monde. Osez parler, et criez de manière à être entendus des quatre coins de la terre :

« Honte et malheur à celui qui préfère à l'honneur national » les ignobles jouissances de la paix partout et toujours! »

Répétez deux et trois fois ces paroles énergiques, puis unissez-vous, serrez vos rangs comme des frères qui s'aiment, et que rien ne pourra jamais séparer; présentez-vous à vos législateurs, et osez leur dire : — « Nous ne voulons plus reculer devant nos ennemis. Nos pères n'ont pas redouté la lutte avec l'Europe entière : nous sommes décidés à suivre leur exemple. Nous vous prions donc de relever en notre nom, et avec toute notre antique fierté, le gant du combat que la tyrannie a peut-être encore envie de nous jeter. Nous vous supplions de renverser à l'instant même tout sale ministère qui faiblirait devant le danger, et ne serait pas prêt à frapper au visage du pommeau de l'épée quiconque aurait l'audace de nous insulter. — Nous, le peuple, qui commençons à nous compter et à comprendre notre valeur dans l'armée, dans l'Etat, nous voulons que la France soit forte, honorée au dehors, et libre, heureuse au-dedans. — Nous vous offrons, pour qu'il en soit de la sorte, tout notre sang, toutes nos vies. Appuyez-vous donc sur nous, et soyez dignes et fermes.

Qu'ai-je dit? et par qui espérai-je voir mes paroles recueillies? Accoutumés à l'abjection, beaucoup des hommes du peuple, ou ne me comprendront pas, ou trouveront ridicule de se proclamer, eux si petits, les soutiens de l'honneur français. — Ils ont des chefs d'ateliers, des maîtres. — A ceux-ci de parler. — Quant à eux, ils continueront à se taire et à vivre dans l'avilissement. Que si l'âme se réveille en eux, ils iront à la taverne boire l'oubli de toutes choses, puis, en d'autres lieux plus infâmes, se dégrader, s'abrutir encore davantage. A la fin ils chanteront :

> La vertu, la patrie
> Sont mots vides de sens !
> L'ivresse, la folie
> Et les baisers brûlants
> Charment seuls notre vie.

Bien ! bien ! chantez aujourd'hui ! demain la faim vous prendra à la gorge ; car l'ouvrage est rare, malheureux, et les salaires sont faibles, et, désunis comme vous l'êtes, vous ne devez trouver de secours nulle part.

Mais les riches, les puissants du jour, m'entendront au moins ? — Eux m'entendre ! — L'oiseau de nuit soulève-t-il donc sa paupière pour voir la lumière qui le blesse ? — Les riches, les puissants, ils ont en effet dans leur lot ce qui aide à saisir sur-le-champ les questions les plus difficiles ; je veux dire l'instruction qui développe les facultés de l'intelligence, et l'éducation qui ouvre le cœur à toutes les généreuses impressions. Mais s'abandonnant à de mauvais instincts, ils n'aiment que leur propre bonheur ; ils ne voient rien au-delà d'eux-mêmes ; il n'ont d'idée que pour leurs intérêts ; de plus en plus il se murent dans leur égoïsme.

Les sentiments de gloire, d'honneur, l'esprit de dévoûment, de sacrifice, sont-ils donc éteints dans notre France? Je me suis tourné vers l'Orient, et je le lui ai demandé, et l'Orient est resté silencieux. L'Occident interrogé m'a de même laissé sans réponse. Le Midi et le Septentrion ont semblé demeurer sourds à ma voix. — C'est le silence des tombeaux.

Cependant je ne perdrai pas courage, et parce que le peuple que j'interroge est depuis longtemps plongé dans une profonde léthargie, je crierai plus fort :

» Fils des hommes de 93, n'avez-vous plus au fond du cœur l'esprit de dévoûment et de sacrifice? L'honneur de la patrie n'est-il plus rien pour vous?

Écoutez, écoutez!

Un bruit d'abord léger s'élève, puis il s'augmente, et va toujours croissant. Des voix de plus en plus nombreuses me répondent.

Merci, merci, mon Dieu! ton peuple bien-aimé a vu luire enfin l'heure du réveil salutaire.

20 février 1841.

La date qu'on vient de lire est vraie, et c'est bien durant les deux premiers mois de 1841 que j'ai écrit ces quelques pages.

Alors florissaient ensemble et la royauté et les lois de septembre;

Alors, sous peine d'amende et de prison, il m'était défendu de plaider la cause de la République; et, l'on a pu le remarquer, je ne prononçais même pas ce nom sacré, objet pourtant le plus habituel de mes rêves;

Alors, sous peine d'amende et de prison, il fallait que je voilasse mes pensées les plus fortes, les plus généreuses : il était nécessaire que je modérasse ces colères qui m'animaient à la vue de toutes les hontes, de tous les malheurs accumulés sur la France par d'infâmes gouvernants.

Tout cela était triste! — Eh bien! voilà ce qui l'est mille fois davantage encore.

Aujourd'hui, un an après l'avénement de la République parmi nous, des hommes de sens ont cru avec moi que mes paroles de 1841 pouvaient et devaient être publiées, sans presque aucun changement, et qu'elles ne porteraient pas moins coup maintenant qu'autrefois.

Le peuple dort toujours. — Et cependant ses exploiteurs travaillent avec plus d'ensemble et d'énergie que jamais.

22 février 1849.

Poitiers. — Imprimerie de Coignard et Bernard.

www.ingramcontent.com/pod-product-compliance
Lightning Source LLC
Chambersburg PA
CBHW060837180626
46818CB00004B/1481